ALFAGUARA
INFANTIL

ALFAGUARA INFANTIL

ALFAGUARA
INFANTIL

© 2015, María de los Ángeles Boada
© De esta edición:
  2015, Santillana S. A.
  Calle de las Higueras 118 y Julio Arellano, Monteserrín
  Teléfono: 335 0347
  Quito, Ecuador

  Av. Víctor Emilio Estrada 626 y Ficus, Urdesa Central
  Teléfono: 238 1010
  Guayaquil, Ecuador

Alfaguara Infantil es un sello editorial de Santillana.
Éstas son sus sedes:
Argentina, Bolivia, Brasil, Chile, Colombia, Costa Rica, Ecuador, El Salvador, España, Estados Unidos, Guatemala, México, Panamá, Paraguay, Perú, Portugal, Puerto Rico, República Dominicana, Uruguay y Venezuela.

Primera edición en Alfaguara Infantil Ecuador: Marzo 2015
Primera reimpresión en Alfaguara Infantil Ecuador: Junio 2015

Editora: Annamari de Piérola
Ilustraciones: Santiago González
Diagramación: María Isabel Vásconez

ISBN: 978-9942-19-190-8

Impreso en Ecuador por Poder Gráfico

SANTILLANA

No seas goloso, señor Oso

María de los Ángeles Boada

Ilustraciones de Santiago González

ALFAGUARA
INFANTIL

Un día el señor Oso empezó
a sentirse cansado.

Afuera soplaba viento, hacía frío y
el cielo había oscurecido.

Se puso su bufanda y su abrigo,
y salió apresurado.

¡Era hora de hibernar y no tenía comida
para su barriga llenar!

9

En el camino devoró todas las moras
que encontró.
Y como iba a dormir muchos meses,

después asaltó a una ardilla y
se llevó todas sus nueces.

Para no quedarse con hambre, a un alto árbol se trepó, y un panal lleno de miel a la abeja le quitó.

Volvió a su cueva a la carrera y de un
bocado se comió todo lo que había
robado.

13

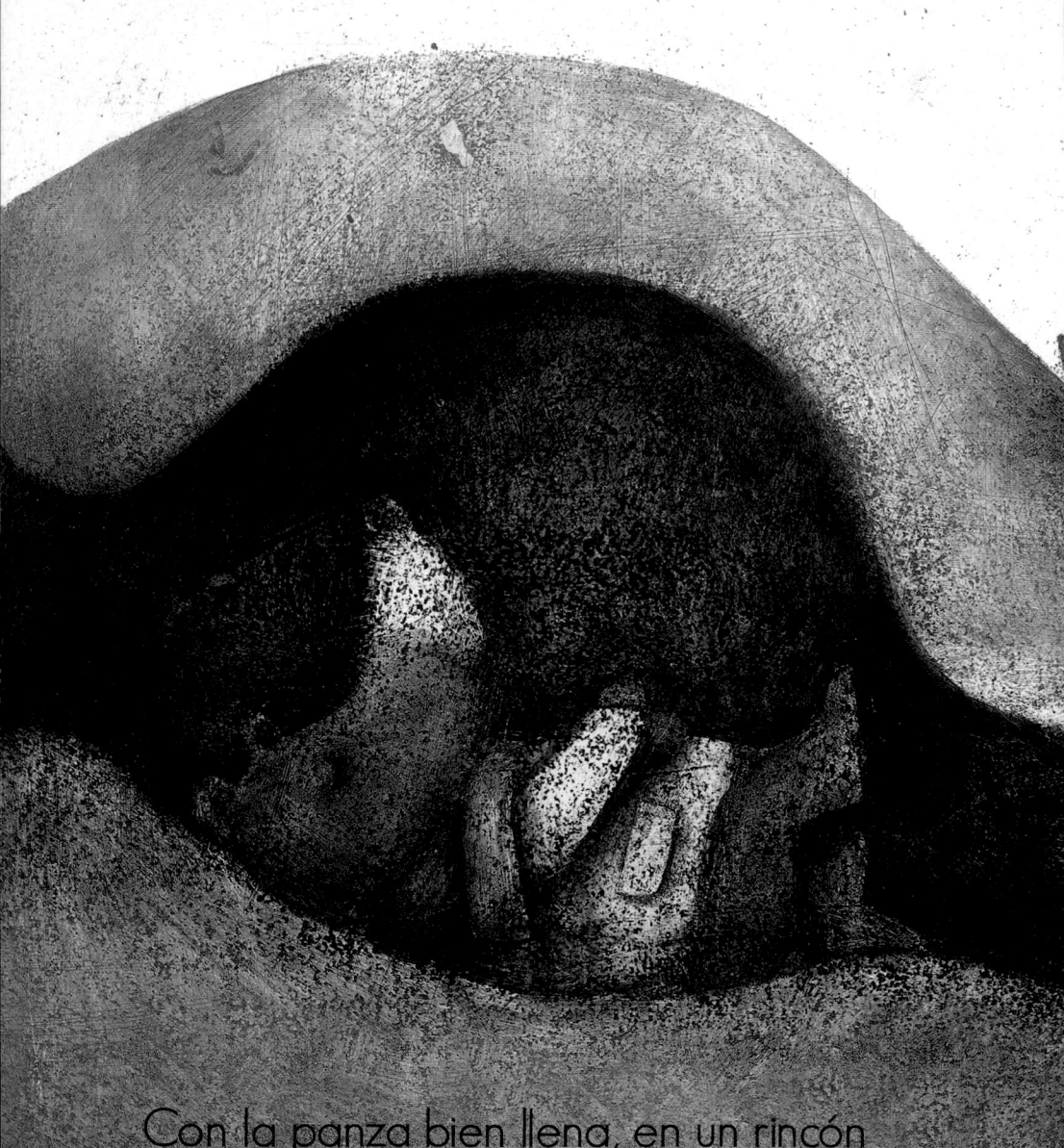

Con la panza bien llena, en un rincón
se acomodó y sus grandes ojos cerró.

Pero pronto su barriga empezó a hacer mucho ruido, y en lugar de quedarse dormido, el pobre señor Oso en el baño terminó.

Una larga noche pasó hasta que el
médico llegó.
—Señor Oso, esto te pasa por goloso.
—le dijo al examinar su barriga adolorida.

—Pero si no me lleno de comida, no podré hibernar ni un día.

—La idea no es empacharte, tienes que alimentarte.

17

—Es que olvidé guardar comida y me resulta muy cansado salir de cacería —el señor Oso le explicó.

—Estás panzón pero muy débil. Si no cambias esa dieta, pasarás el invierno enfermo —le advirtió preocupado el doctor.

Para ayudar al señor Oso, que aunque
un poco ladrón tenía un gran corazón,
el médico organizó una fiesta nutritiva.

Invitó al perro panadero, al conejo agricultor, a la vaca lechera y al cocodrilo pescador.

La gallina llevó los huevos, el mono brindó bananas y al final llegó la tortuga con su dosis de lechuga.

Cuando el señor Oso abrió la puerta,
un gran susto se llevó. Pero al ver el
banquete, enseguida se animó.

23

Los panes, pastas y cereales le darían
energía para salir de cacería.

Las frutas y vegetales lo mantendrían
saludable, ya que eran nutritivos
además de coloridos.

Gracias al pescado y los huevos,
sería muy inteligente y nunca más
se olvidaría de almacenar la comida.

Y para tener los huesos fuertes, su festín
acompañó de un gran vaso de leche.

Comer sólo un poco de postre fue lo que más le costó. La ardilla, muy comprensiva, unas nueces le regaló.

Y de miel bastó un bocado que la abeja había sobrado.

29

Para bajar la comida, mucha agua se tomó.
Y en la casa del doctor, satisfecho y agradecido,

hasta la primavera se quedó
profundamente dormido.

ALFAGUARA
INFANTIL